CABALLERO NEGRO

CABALLERO NEGRO

LILIA LARDONE

Ilustraciones de María Osorio

GRUPO
EDITORIAL
norma
http://www.norma.com
Barcelona, Bogotá, Buenos Aires, Caracas,
Guatemala, Lima, México, Miami, Panamá, Quito, San José,
San Juan, San Salvador, Santiago de Chile.

A Laura

© Lilia Lardone, 1999
© Editorial Norma S.A., 1999
A.A. 53550, Bogotá, Colombia

Reservados todos los derechos.
Prohibida la reproducción parcial o total
sin permiso escrito de la Editorial.

Décima reimpresión, 2004
Impreso por Cargraphics — Red de Impresión Digital
Impreso en Colombia — Printed in Colombia
Mayo, 2004

Dirección Editorial, María Candelaria Posada
Diagramación y armada, Ana Inés Rojas

ISBN 958-04-5052-8

CONTENIDO

EL DÍA EN QUE EMPEZARON A PASAR COSAS

El día de la pelea con el Flaco empezaron a pasar cosas. O a lo mejor habían empezado antes pero Luciano no se daba cuenta, como el cambio de horario en el trabajo de su papá. Discutían y discutían porque a su mamá no le gustaba que trabajara todas las noches en el bar.

—Magdalena, entendé que si no controlo la caja, las ganancias vuelan —explicó él.

—Y si hacés ese turno, te perdemos de vista —dijo ella.

Ahora se lo repite cada tarde, cuando él sale para el bar. A Luciano tampoco le gusta sentarse a comer con su mamá y su hermano Guido, los tres solos, pero su papá dijo que por el momento no hay nada que hacer.

La pelea con el Flaco no fue en su casa sino en la canchita. Era domingo, Luciano se acuerda muy bien que se volvió furioso. Errar el gol y encima aguantar que el Flaco le dijera patadura delante de todos... Cómo le hierve la cara. Por suerte hace calor y en la calle no hay nadie que lo vea correr como loco hasta su casa.

Todos duermen la siesta, así que sin hacer ruido se acuesta a leer en su cama. Hojea una revista, la deja, tira al blanco con el arco. No hay caso: Luciano está aburrido y cuando está aburrido lo mejor es salir a jugar con los chicos. Culpa del Flaco, piensa por décima vez.

Mira de nuevo la revista y aparece un castillo hecho con ladrillos de plástico. Luciano piensa que nunca armó uno tan grande: la idea le parece fantástica y busca en el placard hasta que encuentra una caja. La abre y saca bolsas llenas de ladrillos de plástico: hay largos, cortos, curvos, de color negro, amarillo, rojo, azul. También montones de ventanas, tejas, pequeños muñecos con escudos, tantas piezas de las que no se acordaba.

Luciano hace una fila en el suelo con los bloques amarillos. Le traba otra, y otra, y otra más, hasta conseguir una buena altura para la muralla .

Enseguida levanta una torre, con pequeñas ventanas hacia un solo lado, y cuando la termina se dedica a los puestos de observación: Quiere uno en cada ángulo de la muralla.

El Castillo tiene un mar al lado. Un mar con olas enormes, imposible de navegar. El Castillo está en lo alto de un acantilado, y sus torretas se destacan sobre el cielo azul. Torretas, Luciano está seguro, así se llamaban en ese cuento de tapa dura que no le dejaban llevar a la cama.

Luciano espía desde las almenas. El

horizonte se ve despejado y el camino serpenteante también. De pronto, una pequeña mancha crece allá lejos, junto al Bosquecillo de Sicómoros, se agranda más, se aproxima, avanza por el sendero escarpado que sube hacia el castillo. Luciano mira fijo y los ojos le duelen.

Ya lo tiene: la mancha es un jinete negro que cabalga rápido, tan rápido que en un instante está a tiro de ballesta, pero Luciano se queda sin saber quién es.

—Dice la mamá que vayas a tomar la leche —dice Guido.

Después de tres días, su mamá protesta porque no puede limpiar:

—Desarmás eso o lo desarmo yo ... ¿Estamos?

Luciano no contesta. Va a su pieza y mira el castillo desde la puerta: Está casi listo. Sin embargo, sin puente levadizo todavía no es un castillo. ...él sabe cómo hacer subir y bajar la rampa, sólo le faltan algunos engranajes para que el motor funcione. Seguro que el Flaco tiene, pero no, no le va a pedir nada. Ni hablar de pedirle nada.

Va al cuarto de su hermano y revisa un
cubo lleno de juguetes. Hay autos de colección, tractores, figuritas, un dinosaurio
roto, cáscaras de mandarina. En otro, sólo
rompecabezas. Del fondo del tercero saca
una bolsa de plástico con piezas sueltas.
Luciano ya tiene lo que necesita.

Es casi de noche cuando suena el timbre. Luciano abre la puerta y aparece el
Flaco.

—Pasá, vamos a mi pieza.

Al entrar, el Flaco se para frente al Castillo, se agacha, toca una torreta. Después,
tirado en el suelo, mueve el puente levadizo una y otra vez.

—¿Lo hiciste solo?

—Psé, una zoncera —contesta Luciano.

—¿Seguro que lo hiciste solo?

— Pero sí, qué te parece.

—¿Todavía estás enojado por lo del domingo? —dice el Flaco y se ríe.

Luciano lo mira, y contesta:

—No, qué voy a estar enojado por esa
pavada.

CABALLERO NEGRO SE ACERCA Y EL FLACO SE ALEJA

Caballero Negro se acerca. Quién sino él va a andar por el sendero a esa velocidad, qué otro jinete levantaría cascadas de polvo dorado a su paso. El corazón de Luciano empieza a golpear al ritmo de los cascos que primero se escuchan apagados y luego vibrantes, a medida que la figura se agranda. Luciano se apura a bajar el puente levadizo, no sea cosa que Caballero Negro crea que no lo esperan.

Ya están listos los estandartes con filetes dorados enmarcando al león negro sobre el fondo rojo, uno en cada extremo de la muralla, flamean y se agitan muy rápido por el viento que viene del mar. El Castillo recibirá al caballero con todos los honores porque son muchos los peligros que ha pasado durante un viaje tan largo.

Qué cantidad de aventuras en poco tiempo, Luciano recuerda que todo empezó cuando fue a rescatar a la Hija de los Dueños del Castillo.

Primero, lo atacaron los Dragones. Apenas había salido del Bosquecillo de Sicómoros los encontró agazapados en el desfiladero, esperándolo. Empezaron a largarle fuego, hasta que sacó el arco y les disparó unas flechas enormes que les perforaron el grueso cuero, justo en el corazón.

Más adelante lo persiguieron los Bárbaros de la Montaña Azul. Corrían medio desnudos al lado del jinete negro, sacudiendo unas hachas de piedra para golpearlo, por suerte sin éxito, y se quedaron agotados antes de llegar a la cima de la Montaña.

Finalmente, cuando encontró en el Puerto Guarida a los Piratas después de días y días de viaje, la lucha para liberar a

la Hija del Señor del Castillo fue muy violenta.

Ahora Luciano teme lo peor, quién sabe si ha podido guarecerse de la terrible tormenta que se avizora hacia el sur, ojalá se haya refugiado en el Bosquecillo de Sicómoros. Tal vez un rayo ha caído en el Sendero, tal vez.

Por fin, Luciano casi grita cuando lo descubre: Ahí está, recortado contra la luz azul y oro, su casco negro opacado por el polvo del camino.

Luciano se siente orgulloso de descubrir a Caballero Negro antes que los guardias, mientras estudia el Sendero en la claridad de amanecer. Un premio, por todo el tiempo que se pasó esperando. Ahora sólo queda observar la velocidad del caballo y deducir con exactitud el tiempo que tardará en llegar al Castillo...

A lo mejor fue ese el día en que pasaron otras cosas más, Luciano no está seguro. En el ómnibus escolar, el Flaco no habla y Nito, el chofer, le hace bromas:

—Me parece que a esa cara yo la ví en Drácula —dice y se ríe.

—Dale, Flaco, ¿qué tenés? —pregunta Luciano.

Pero el Flaco mira por la ventanilla y no contesta.

En el colegio sí que pasa de todo. Por empezar, la señorita Elena está enojada y no es para menos: los mellizos Cortés saltaron arriba del banco y rompieron el asiento. Además está la cuestión de las tizas. Todos los días se pierden las tizas en la segunda hora, y la maestra se pone furiosa.

—A ver, Luciano, andá a buscar tizas a la Dirección, apurate.

Y Luciano va por el pasillo y ve cómo las cosas que están lejos son chicas pero cuando se acercan crecen, y encuentra un escarabajo negro que vuela con un zumbido pesado cerca de la puerta de segundo grado, y más adelante mira a la maestra de primero retando a los chicos que gritan como locos, hasta que llega abajo del helecho que cuelga al lado de la Dirección y descubre las nervaduras en las hojas, iguales a las de la lámina...

—Luciano, ¿estás en la Luna? Al grado, in-me-dia-ta-men-te. Que no te encuentre otra vez paseando por los pasillos —dice la Directora.

Al volver lo ve al Flaco entrar al baño, llorando. Por eso, a la salida, Luciano se le sienta al lado en el ómnibus y vuelve a preguntarle qué le pasa.

—Me voy a vivir a lo de mi abuela —dice el Flaco.

—¿Cómo que te vas?

—Sí, mi papá se quedó sin trabajo, nos mudamos.

—¿Y a dónde?

—Lejísimo. A una quinta, pasando la circunvalación.

—Pero a la escuela sí vas a venir, ¿no?

—¿Y cómo querés que venga? ¿Volando?

Y el Flaco pone la cara contra la ventanilla y se queda mudo.

Ese también es el día en que al volver de inglés, encuentra a su mamá sentada en el medio de la cocina. Tiene pedazos de una azucarera rota en la mano y el azúcar desparramado en el piso hace ruido cuando Luciano se arrima. Ella llora mientras dice no importa la azucarera, y Luciano no entiende.

Y esa misma noche se despierta con los gritos, ha llegado su papá y discuten, ella le dice de-sa-mo-ra-do, y luego alguien cierra la puerta.

HOY TAMBIÉN PASAN UN MONTÓN DE COSAS

Hoy se acaba el plazo que le dio su mamá para desarmar el Castillo. Luciano le juró que él mismo iba a limpiar el cuarto, pero ella dijo que sabe muy bien en qué terminan esas limpiezas. Y justo ahora que hacen el festejo de la llegada de Caballero Negro, hasta con guirnaldas de adorno en la torre.

Mientras toma la leche en la cama grande, porque es domingo y los domingos su mamá le lleva el desayuno a la cama, ella repite lo del plazo y Guido lo mira. También su papá, que acaba de llegar, mira a Luciano y pregunta:

—¿Qué cosa tenés que sacar de la pieza?

—Cómo se ve que no estás nunca —contesta ella.

Luciano traga la leche rápido, porque ha tenido una idea. Va a la piecita del patio, abre la puerta empujando cosas: Cajas amontonadas, escobas usadas, pedazos de telgopor, los parantes de la pileta de lona, un triciclo que ni Guido usa, papeles, diarios, bolsas de plástico. Pura basura, dice Luciano, y corre a pedirle a su papá que lo ayude a limpiar. Más tarde, contesta él, después que duerma un rato.

Al principio parece que el lío es imposible de arreglar, entonces su papá empieza a sacar todo al patio y hace dos montones: de un lado lo que se tira, y de otro lo que se guarda. Su papá se demora bastante porque se entretiene con cada caja y Luciano lo apura, aunque hay algunas cosas que también le gusta ver.

Cuando terminan está oscuro y es difícil trasladar el castillo sin que se rompa. A su papá se le ocurre ponerle abajo un

cartón grande, Luciano lo levanta por partes hasta que queda bien asentado y entonces lo sujetan de cada ángulo para sacarlo por la ventana hasta el patio. Más difícil es hacerlo entrar por la puerta angosta de la piecita, pero lo inclinan un poco y pasa.

Qué alivio, ahora sí que Caballero Negro puede estar tranquilo, piensa Luciano, y va a la casa de al lado a buscarlo al Flaco.

Pero el Flaco abre la puerta con cara de enojado.

—Flaco, vení a ver cómo quedó el castillo en la piecita del fondo.

—¿Todavía seguís con eso? Salí, qué te hacés el nene, con esos ladrillitos de porquería...

Y el Flaco entra en la casa dando un portazo.

Por las almenas del Castillo que dan al norte se ve bien el mar. A pesar de que es su hora favorita, Caballero Negro todavía no ha subido a la muralla —porque desde que volvió sube todos los días— a mirar las olas bordeadas de espuma blanca que chocan contra el acantilado del Castillo.

El Castillo no ha despertado, sólo los guardias siguen firmes, algunos inmóviles en las torretas y otros recorriendo la muralla con pasos lentos, de sur a norte y de este a oeste y otra vez, de norte a sur y de oeste a este.

Por fin aparece Caballero Negro, se apoya sobre el borde de piedra y mira el mar azul. Mira y mira, siempre hacia el este. Cuando a Luciano se le están acalambrando los dedos por sostener el largavista, bajo el brillo del sol aparece en el mar una mancha alargada que se mueve sobre las olas. ¿Un barco pirata?

—Luciano ¿estás sordo? Vení, vamos a visitar a los abuelos —dice la mamá.

A Luciano le gusta ir a la casa de los abuelos, pero lo que más le gusta es el banco de trabajo del abuelo Tomás. En esa mesa larga y flaca está la morsa para enderezar los ejes de los camioncitos, y pinzas de todos los tamaños y formas, y destornilladores, y un montón de cajas con clavos, tornillos, tuercas. Qué no hay en esta mesa, dice el abuelo mientras busca una arandela que Luciano le ha pedido para agregar al engranaje del puente levadizo. Al rato Luciano vuelve a la cocina y al entrar, oye a la abuela:

—Tranquilizate —dice mientras la abraza a su mamá.

—¿Qué pasa? —pregunta Luciano.

—Nada, nada —contestan las dos—, no pasa nada.

Sin embargo, él sabe que es mentira.

En el ómnibus de regreso, la mamá no habla y Guido se queda dormido. A Luciano no le gusta cuando ella está tan callada.

Por suerte volví a tiempo, piensa Luciano. Caballero Negro baja por el Sendero Secreto hasta las rocas y camina por el borde del mar. De a ratos Luciano lo pierde, se lo ocultan los peñascos aunque él sabe que está, lo conoce cuando toma una decisión y anda rápido, con la cabeza bien alta, como si desde arriba la tiraran de un hilo.

El barco resultó ser un galeón, que ahora ha largado un bote, sí, un pequeño bote con dos personas que viene hacia la Playa de los Caracoles, justo adonde se dirige Caballero Negro. Luciano casi grita cuando ve que baja del bote una figura rara, que se mete en el agua y avanza hacia la orilla. Caballero Negro se ha adelantado, salta las olas bajas, se arrima al bote para recibir un bulto que debe ser el equipaje y vuelve junto a la figura rara. Ahora se distinguen un poco mejor, porque empiezan a caminar por la Playa. Sopla un viento fuerte que seca la ropa del recién llegado; de pronto Luciano ve una pollera larga que flota, y se da cuenta de que es una mujer. ¡Ajajá con Caballero Negro!, se dice Luciano, tiene novia y todo. Con razón que todos los días esperaba mirando al mar.

Enseguida, Luciano se corrige porque se acuerda: Pero si debe ser la Hija del

Señor del Castillo, la raptada, seguro que es ella, eso explicaría que la mujer baje sola, sin dama de compañía, ni nada.

¿Y ahora por qué la gente se pone a llorar cuando aparece la Hija en el patio del Castillo? No se equivoca, no, Luciano ve bien cómo lloran, cómo apenas la tocan y retroceden, dejándole espacio para que avance. ¿Y los Dueños del Castillo, por qué no salen a recibirla? Mañana sigo, dice Luciano, y empieza a hacer la tarea.

SE ACLARAN CIERTAS DUDAS Y APARECEN OTRAS PEORES

Esa noche, su mamá se sienta en el borde de la cama de Luciano. Le dice que está cansada de resolver sola todos los problemas.

A Luciano le parece que su papá ya le explicó por qué tiene que trabajar de noche y dormir de día.

—Él quiere que yo deje de trabajar —dice ella—. Pero a mí me gusta lo que hago.

Entonces, piensa Luciano, ¿es por el horario o porque ella trabaja? Entiende cada vez menos y no le gusta verla triste.

—Te cuento para que sepas —dice su mamá—. Las cosas no andan bien entre tu papá y yo.

A Luciano le parece que con eso no se arregla nada, pero no le dice.

Por fin se aclara bien la historia de la mujer que bajó del barco. Un guardia de la Torreta Este acaba de contarle al guardia de la Almena Sudeste Izquierda, que la recién llegada sí es la Hija del Señor del Castillo. Parece, ha dicho el guardia, que el padre la había mandado bien lejos, a un convento, porque era medio rebelde. Pero la robaron unos piratas y cuando el Señor se enteró casi se muere de la tristeza. Entonces, Caballero Negro se ofreció a rescatarla y eso fue lo que hizo, convirtiéndose en héroe. Eso ocurrió en la Tierra de los Bárbaros. Caballero Negro la liberó, y después de vencer a los piratas, contrató un galeón para que la transportara de vuelta al Castillo y él volvió solo, montado en su fiel caballo.

A Luciano no le parece de caballeros espiar lo que dicen los guardias, pero a veces no le queda más remedio. Ya tiene la explicación que le faltaba para entender la historia, ahora se aclaró por qué la gente lloraba cuando la chica llegó: Era de alegría que lloraban. Y también entiende que los padres no salieran a esperarla, seguro que para no mostrar en público su desesperación.

Como el asunto de la chica y Caballero Negro lo intriga, Luciano vuelve a enfocar las lentes a ver si los encuentra en la Plaza, pero no. En cambio, un movimiento de guardias atrae su atención: Están accionando el puente levadizo para que entre un jinete con armadura plateada, montado en un caballo blanco.

A Luciano no le gusta de entrada, porque con tanto brillo no lo puede ver bien. Este Caballero de Plata, ¿qué vendrá a hacer al Castillo?

—Son las cinco, andá a inglés.

—Ufa, otra vez inglés —contesta Luciano y se va.

Ni bien entra, la profesora lo reta por llegar tarde y él no le puede decir que se demoró con el Flaco. Salía para ir a inglés y lo vio: Estaba con la cara larga, sentado en el umbral de la casa. Luciano empezó a caminar rápido, sin mirarlo, y el Flaco se arrimó.

—Oíme, Luc.

Luciano sabe que el Flaco le dice Luc cuando ha metido la pata.

—Oíme, no te enojés por lo que te dije. Lo que pasa es que ese día que llegaste, justo yo guardaba mis juguetes en una caja. Por la mudanza, ¿sabés? Pero sí quiero ver el Castillo, ¿me lo mostrás?

—Cuando vuelva de inglés —promete Luciano.

Y ahora Luciano repite *juer is mai scarfff* sacando los dientes de arriba para adelante, mientras piensa que si no usa bufanda, ni piensa usarla nunca, para qué va a aprender a preguntar adónde está, para qué va a pronunciar *juer is mai scarffff* con la boca torcida si él lo único que quiere es ir a mostrarle el Castillo al Flaco.

Al día siguiente, la maestra le devuelve el cuaderno de comunicaciones con una nota citando a su mamá y Luciano no lo puede creer. ¿Tanto lío porque no trajo la tarea hecha? No, a lo mejor Marina lo acusó, qué injusticia, piensa Luciano, si apenas le tironeó el guardapolvo porque ella se reía cuando él perdió todas las figuritas en el recreo. Sin embargo, cuando su mamá le pregunta para qué tiene que ir a la escuela, contesta:

—No sé, ni idea. Seguro que es algún problema con la cooperadora.

Ese día no ve la hora de que suene el timbre y una vez en su casa, mira el reloj a cada rato hasta que su mamá vuelve de la oficina. Ni bien entra, le pregunta:

—¿Qué era lo de la escuela?

—Nada, ya te cuento —dice ella.

Terminan de almorzar, Guido se va a dormir la siesta y entonces su mamá habla.

—Tu maestra está preocupada, te ve distraído. También un poquito, dice ella, agresivo.

Ahora Luciano está seguro de que Marina lo acusó. Tenía que ser esa mosquita muerta, piensa, y se queda callado.

—Pero yo le expliqué que tenemos problemas en casa —dice su mamá—, ya sabés cuáles.

Luciano está furioso. ¿Por qué tenía que ir a contarle a la señorita Elena esas cosas?

—No sé cuáles, nunca me cuentan nada —contesta.

—¿Cómo decís? Si el otro día te dije que ...

—No me importa —grita Luciano, y se tapa las orejas.

La gente se reúne en grupos en la Plaza del Castillo. Todos han dejado de trabajar: el zapatero está en la calle con un martillo en la mano y habla con la panadera, que todavía tiene las manos llenas de harina. Todos, lo que se dice todos, no están: Luciano se fija que faltan el Señor del Castillo, la Hija, Caballero Negro y Caballero de Plata. Por más que enfoca las ventanas de la Casa Real, no hay caso. Ni un miserable hueco para mirar qué pasa, ni siquiera una cortina corrida, nada.

La gente dice que hasta cuándo van a seguir reunidos en secreto, algunos se quejan en voz bien alta y los guardias los miran. Luciano se preocupa por Caballero Negro, y la espera lo cansa. Después de todo, piensa, a ver si se cree que es el único problema que tengo.

AUNQUE CUMPLA AÑOS, LAS COSAS NO MEJORAN

También pasan cosas el día de su cumpleaños. Luciano se levanta temprano a cortar el césped, como le ha pedido su mamá.

—Mejor armamos la mesa en el patio, así no rompen nada.

Luciano quiere una fiesta de varones solos, porque las chicas no juegan al fútbol. Con los amigos de la canchita, más los compañeros de la escuela, más él, hacen justo veintidós, o sea once en cada equipo para jugar un partidazo en el baldío. Eso, después de comer las hamburguesas a la parrilla que le prometió su papá. Como si fuera un cumpleaños de grande, piensa, y mueve con ganas la máquina para dejar el pasto bien parejo.

Al apagar la cortadora oye la discusión. Hoy no, piensa, que hoy no discutan, el día de mi cumpleaños no.

A Luciano le parece que no está bien lo que acaba de anunciar el Señor del Castillo, porque al final el que se embroma es Caballero Negro. Tantos peligros que corrió, tanto que anduvo para rescatarles a la Hija y resulta que ahora el Señor, instalado en el Balcón de los Anuncios, dice que este Caballero de Plata también quiere ser el novio. Explica también que la conoció a la Hija en el galeón, y que se enamoró a primera vista.

Luciano siente que tenía razón en desconfiar de él cuando lo vio llegar, pura lata, qué se creerá que es, qué importa que el padre sea Rey de las Comarcas Difíciles, tiene una cara de nabo bárbara.

Para colmo, el Señor del Castillo explica que debe hacer justicia, que dos caballeros respetables le han pedido la mano de la Hija y que él la entregará al mejor de los dos.

—Entonces, he decidido —dice el Señor en voz más alta—, que se realice un Torneo: El ganador se casará con mi hija.

Zás, si será traidor, piensa Luciano, y pensar que Caballero Negro le trajo la Hija de vuelta, en bandeja se la trajo, si será. Luciano no puede ver ahora la cara de la Hija, pero se acuerda bien de la sonrisa que tenía cuando llegó y Caballero Negro la alzaba para ayudarla a trepar los acantilados del Castillo, sí señor, que vengan a decir ahora que no está enamorada de Caballero Negro. No importa, el torneo viene fantástico para demostrar cuál es el mejor, el único capaz de afrontar todos los peligros.

Luciano se tranquiliza y decide esperar el Día del Torneo.

Por más día de cumpleaños que sea, las

cosas no salen bien. Por empezar, su papá lo llama aparte y le explica que se tiene que ir, tengo un compromiso i-ne-lu-di-ble, así le dice, sos grande y tenés que entender. Entonces su mamá se pone a llorar y grita, es el colmo, tu hijo mayor cumple nueve años y no estás, y se encierra en el dormitorio.

Ahora ella le pide a Luciano que la ayude a acomodar la mesa adentro, porque empezó a llover y los chicos están por llegar.

Sin embargo, los primeros en aparecer son los abuelos, y detrás de ellos su tía Chiqui, con un vestido largo y floreado. El abuelo Tomás sostiene una caja enorme, que Luciano recibe con los brazos abiertos:

—Di-rec-ta-men-te desde Buenos Aires —dice su tía Chiqui—. A festejar al mejor ahijado del mundo.

—¡Ladrillos de plástico! —grita Luciano—. ¡Grande!

—Podés hacer un parque de diversiones, con vuelta al mundo y todo—explica la tía.

Luciano piensa que el Castillo está completo, y no cree que a Caballero Negro le interese un parque de diversiones. Pero el regalo le gusta igual.

—A las hamburguesas las hago al horno —dice su mamá—. A lo mejor deja de llover y más tarde juegan al fútbol.

Los relámpagos se descargan en el horizonte y a Luciano le parece que el cielo es una tapa oscura. Durante la noche han comenzado los preparativos del Torneo, ya colocaron banderines y estandartes de colores por todos lados. También han puesto más arena en el Patio Central del Castillo. Sin embargo, los hombres y mujeres no sonríen como otras veces; están parados alrededor del patio y ni siquiera hablan. De todos modos, Luciano sabe que van a vitorear a Caballero Negro apenas salga a la plaza.

En ese momento se escuchan las trompetas, junto a un gran trueno. Llega primero Caballero de Plata, con un penacho blanco en el casco, subido al caballo, también blanco. Es fuerte y rápido, aunque a Luciano le parece un poco agrandado porque hace firuletes con el caballo delante del balcón adonde está el Señor con la Hija. La gente ni lo mira, sigue a la espera de Caballero Negro.

Sí, ahí llega, desde el Oeste, tranquilo y al paso, montado en su caballo negro. Avanza hasta el balcón y se detiene a saludar, la Hija ahora sí sonríe, los cachetes se le ponen colorados mientras se escuchan los bravos y los hurras que larga la gente junto con los sombreros por el aire.

—Que se lean las Reglas del Torneo —ordena el Dueño del Castillo con voz enérgica.

En seguida, a una señal del juez, los caballeros quedan enfrentados en la plaza, lanzas en una mano, escudos en la otra. Luciano observa que el escudo de Caballero Negro tiene una cinta color rosa atada en un borde. ¿Un regalo de Ella para evitar la mala suerte?

Las trompetas vuelven a sonar. Otra vez más. Y otra.

BUENAS NOTICIAS, MALAS NOTICIAS

Al abrir la puerta, aparece el Flaco con una sonrisa.

—Tengo dos noticias: una buena y otra mala. ¿Cuál te digo primero?

—La mala —dice Luciano.

—Llegó un camión con ladrillos y lo descargaron en la canchita. Parece que van a levantar un edificio.

—¿Y nos quedamos sin fútbol?

—Y, sí. Ahora preguntame por la noticia buena.

—Dale, Flaco, no te pongás pesado. ¿Cuál es la noticia buena?

—¡Que no me mudo nada! Mi viejo consiguió trabajo.

La sonrisa ocupa ahora toda la cara del Flaco y Luciano se pone muy contento.

—Total, aunque nos quede más lejos, al fútbol podemos jugar en la plaza, ¿no te parece? —dice el Flaco antes de irse a contar las novedades por el barrio.

Suena una sola trompeta, la nota limpia cruza el patio del Castillo de lado a lado. Caballero Negro baja la visera del casco, levanta las riendas y aprieta con los talones los flancos del caballo. En el otro extremo, Caballero de Plata ha cumplido idénticos gestos.

Los jinetes se lanzan a la carrera, se cruzan golpeando con fuerza las lanzas...y ninguno cae. A Luciano le parece que el plateado casi resbala, sí, ahora está seguro porque lo ve acomodándose en la montura.

Otra vez a la carga. El choque ha sido fuerte, aún con el largavista se ven las chispas que se sacaron. Y otra vez la carrera, y el intercambio de golpes. Duro de voltear, piensa Luciano, muy duro de voltear.

Se siente el silencio, la gente ya no grita en cada cruce, todos han quedado inmóviles, quietas hasta las manos que agitaban los pañuelos para alentar a Caballero Negro, las caras mojadas por la transpiración bajo unas nubes pesadas y gordas.

¿Y la Hija del Dueño del Castillo? No se ve en el palco y Luciano se preocupa, después de todo la pelea es por ella, tendría que estar alentando a Caballero Negro. Pero no, ahí está, apoyada en un costado del balcón como si no tuviera fuerzas para ver la lucha. Luciano se tranquiliza y escucha de nuevo la trompeta, señal de que han pasado cinco cargas sin que ninguno de los contendientes haya caído. O sea que ahora, calcula, según las Reglas del Torneo, corresponde un breve descanso y a continuación, la Lucha con Espadas.

Luciano aprovecha para ir a hacer pis.

Esa noche comen en silencio, los tres. Cuando Guido se duerme, ella se sienta en la cama de Luciano. Él tiene la mirada fija en el libro, lee: ...*rugió Malasangüe. Sin pensarlo dos veces la tripulación...*[1] y no se puede concentrar en la historia porque sabe que su mamá sigue ahí, callada. Luciano hace dos intentos más de seguir con los piratas pero no hay caso, ella se queda y dice lo que él no quiere oír:

—Tu papá se va. Por un tiempo, así no se puede vivir. Ya alquiló un departamentito, ustedes van a ir los fines de semana.

Luciano da vuelta la cara hacia la pared.

—Es bueno llorar, para sacar lo feo de adentro —dice ella.

Y lo abraza muy fuerte.

Está lista la prueba final, la más fuerte y arriesgada: Los Caballeros deben pelear

---

1 Este fragmento corresponde a la novela *La sonada aventura de Ben Malasangüe* de Ema Wolf (Torres Agüero Editor, Buenos Aires, 1988)

con las espadas y han dejado los caballos en manos de los guardias. Ahora sí que Caballero Negro lo destroza, se dice Luciano. Lo ha visto muchas veces entrenarse, cortando el aire con el filo de la Magnífica, su espada; nadie ha vencido nunca a Caballero Negro en esta lucha, ni en ninguna, y eso que los piratas lo atacaban de a tres juntos.

La trompeta da una nota corta y los dos adversarios se saludan, besan la empuñadura de las espadas, giran, un círculo, otro, se estudian, avanzan con pasos cortos, retroceden, la gente ni respira, Luciano tampoco.

Ahí va el primer golpe, quién sino el mejor lo daría, el más audaz, el más valiente. ¡Ese es mi paladín!, grita Luciano. De pronto, el Caballero de Plata aprovecha un espacio y entierra la punta de su espada bajo la cintura de Caballero Negro, en el punto más débil de la armadura. Es oscura la sangre que moja el traje negro, oscura como la tormenta que ha bajado sobre el Castillo y que empieza a descargar el agua a baldes.

De inmediato los hombres socorren a Caballero Negro, tras el primer grito que los paralizó en sus lugares. Improvisan una litera, lo cargan, lo llevan rápido hacia el Castillo.

Luciano no puede creer lo que ve, ¿cómo fue?, se pregunta, ¿cómo?, y tira el largavista a un costado.

Como si nada hubiera pasado, como si el torneo nunca se hubiera hecho, se dice Luciano mientras busca por los ventanucos de la Casa de las Curaciones algún indicio de Caballero Negro. Allá lo trasladaron después que el Sabio del Castillo lo atendiera de urgencia, hasta vio cómo lo vendaban, cómo quedaba con los ojos cerrados y la cara pálida, todo vio.

Se va a curar porque es fuerte, pero a la chica la perdió, piensa Luciano y tira de nuevo el largavista.

FINAL Y COMIENZO

Su papá habla y habla. Dice que se van a ver los fines de semana, que armó unas cuchetas para que Guido y Luciano duerman con él.

Pero no es lo mismo, piensa Luciano, si voy el sábado me quedo sin fútbol, y el domingo me pierdo los desayunos en la cama grande. Además, se acuerda que no vio ni un chico donde su papá alquiló el departamento, ni en el ascensor, ni en los pasillos, ni afuera.

—También vamos a ir al cine, nos queda cerca —dice su papá.

Eso tampoco le importa, porque se imagina que tendrá que ver las películas que le gustan a Guido, las de dibujitos sin letreros.

—Y si voy el fin de semana, y Guido también, ¿te quedás sola sola? —le pregunta a su mamá.

Ella dice que tiene trabajo atrasado en la oficina y que lo va a traer para hacerlo. Hay con qué entretenerse, murmura con una voz finita y suave, y se va al dormitorio.

Luciano la sigue y le pregunta si está triste. Ella traga haciendo ruido y contesta que sí, que sí está muy triste. Luciano quisiera estar en el lugar de Guido, si hasta está contento porque el papi le prometió festejarle el cumpleaños, para que apagues las velitas una vez acá y otra en mi casa, le dijo.

Cuando su papá guarda la ropa en un bolso, Luciano le pide que se quede.

El papá lo mira con los ojos rojos, lo abraza fuerte, abraza a Guido y se va.

—El sábado los busco —dice, y saluda desde la vereda con la mano en alto, sin darse vuelta.

Caballero Negro ha demorado en aparecer y al salir a la plaza, brota desde la gente un sonido de admiración. Esa coraza parece nueva, recién lustrada, y los cubrepiernas despiden reflejos para todos lados.

Caballero Negro entra muy erguido, arriba de su caballo árabe. Pasa despacio entre dos filas de guardias que suben un poco más los estandartes rojos y negros, gira la cabeza a un lado y otro para saludar a la multitud reunida en el patio.

La Hija del Dueño del Castillo está en el balcón, vestida de blanco, y cuando Caballero Negro se arrima a despedirse, le empiezan a brotar unas lágrimas gordas. Tiene los ojos muy abiertos y las lágrimas caen y caen, y Caballero Negro retrocede, el caballo corcovea y él lo calma con unas palmadas suaves en el cuello. Ella, entonces, le tira un pañuelo rosado que él sostiene junto a las riendas. Después levanta la mano derecha, la coloca sobre el pecho y en ese momento todo se detiene: Las lágrimas, el caballo, hasta el viento que movía los estandartes de la despedida.

De un ademán brusco, él tira de las riendas y el caballo gira. Empieza lentamente a andar entre la fila de guardias, sigue hasta la muralla y un fuerte ruido indica que el puente levadizo ha sido bajado.

Sin volver la mirada atrás, Caballero Negro lo cruza y en un momento desaparece, al trote, por el sendero que va al Bosquecillo de Sicómoros.

Luciano sabe que esta despedida no es como las anteriores, cuando Caballero Negro partía a luchar contra los dragones, o a conjurar maleficios de los hechiceros de las Montañas Azules.

Esta vez no vuelve, piensa, y empieza a sacar ladrillos.

Primero desarma la torre, luego la alta muralla sobre el acantilado; sigue y sigue, amontonando sin orden las piezas azules, rojas y amarillas. Desarma las torretas, las almenas, y deja para el final los delicados engranajes del puente levadizo.

Al terminar, le parece increíble que ese montón de piezas haya sido un castillo.

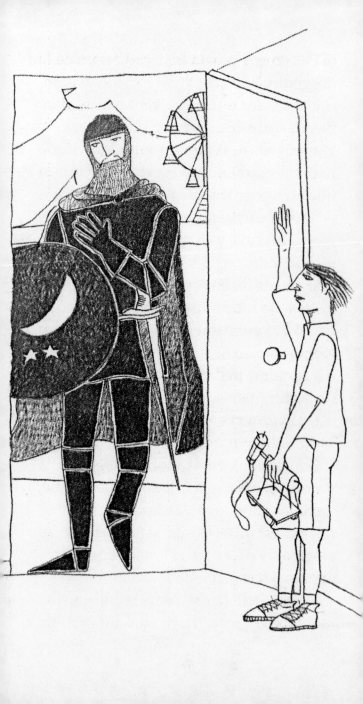

Sabe cómo, poco a poco, cada una había encontrado su lugar y desearía acomodar así todo lo que le duele: Caballero Negro, su papá...

Tantas cosas pasaron en tan poco tiempo. La llegada del jinete, los guardias, el galeón, la Hija de los Dueños del Castillo, el Caballero de Plata, el torneo, las despedidas, su papá haciendo el bolso, todo eso en un mes.

Luciano se acuerda también de la sorpresa del Flaco cuando vio el Castillo.

A lo mejor, ahora podrían armar juntos un parque de diversiones con la Montaña Rusa y el Gusano Loco y la Rueda Gigante y....

Capaz que el Flaco sí quiere, se dice Luciano, y sale corriendo hacia la casa del lado.